日本の詩

あなたへ

遠藤豊吉 編・著

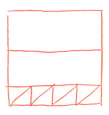

小峰書店

37

だれしもその胸《むね》のなかに〈あなた〉とよびかけたい人を持っている。その〈あなた〉にむかって、人はなにかを語りかける。語りかける内容《ないよう》は、人それぞれにことなるだろうけれども、自分にとって切実《せつじつ》な、なにかを語りかける。

胸のうちをぞんぶんに語るがいい。そうだ。日本語の美しいひびきを失って白々と記号化したことばをあやってでなく、空腹をいやす米のようなことばで——

遠藤豊吉

あなたへ

日本の詩＝2

装幀・画＝早川良雄

夕焼け

いつものことだが
電車は満員だった。
そして
いつものことだが
若者と娘が腰をおろし
としよりが立っていた。
うつむいていた娘が立って
としよりに席をゆずった。
そそくさととしよりが坐《すわ》った。
礼も言わずにとしよりは次の駅で降りた。

娘は坐った。
別のとしよりが娘の前に
横あいから押《お》されてきた。
娘はうつむいた。
しかし
又《また》立って
席を
そのとしよりにゆずった。
としよりは次の駅で礼を言って降りた。
娘は坐った。
二度あることは　と言う通り
別のとしよりが娘の前に
押し出された。
可哀想《かあいそう》に

娘はうつむいて
そして今度は席を立たなかった。
次の駅も
次の駅も
下唇《したくちびる》をキュッと噛《か》んで
身体《からだ》をこわばらせて――。
僕は電車を降りた。
固くなってうつむいて
娘はどこまで行ったろう。
やさしい心の持主は
いつでもどこでも
われにもあらず受難者《じゅなんしゃ》となる。
何故《なぜ》って
やさしい心の持主は

他人のつらさを自分のつらさのように
感じるから。
やさしい心に責められながら
娘はどこまでゆけるだろう。
下唇《したくちびる》を噛《か》んで
つらい気持で
美しい夕焼けも見ないで。

吉野 弘（よしの ひろし）一九二六～二〇一四
「幻・方法」より。詩集「10ワットの太陽」「北入曽」他

＊

〔編者の言葉〕車輪《しゃりん》を二つくっつけたビニール製の買物袋《かいものぶくろ》がある。わたしはあれがきらいだ。あの買物袋を引いて歩く女の人の姿《すがた》に、美しさを感じることができないからだ。ある時そう言ったら「あなたは買い物の苦しさを知らないから」と、一人の女の人

になじられた。しかし、わたしの気持ちは変わらない。どの人もどの人も、だらだらとななめうしろに引きずって、いかにもしかたなしに歩いている感じで、あの姿からさわやかな印象《いんしょう》を受けることはまずない。他人のじゃまにならないようにと、こまやかに気をつかってあの車を引く人が、いったい何人いるだろうか。

わたしは、あるデパートで、あの買物袋《かいものぶくろ》に足をひかれたことがあった。たいして痛《いた》みは感じなかったが、思わず「あっ」と声をあげた。すると、その女の人は、しょうがないわねえ、といった顔つきでわたしをにらんだのだった。「ごめんなさい」などということばは、その人の口からはついに出なかった。

二十年前、この奥さんはどんな少女だったのだろう。どんな少女で、その親からどんな教育を受けたのだろう。人ごみのなかを、他人のことなどいっさいかまわず、だらだらと買物袋を引きずっていくその人の背《せ》を見送りながら、わたしはそんなことを考えていたのだった。

ゆふすげびと

かなしみではなかった日のながれる雲の下に
僕《ぼく》はあなたの口にする言葉をおぼえた
それはひとつの花の名であった
それは黄いろの淡《あわ》いあは《（わ）》い花だった

僕はなんにも知ってはゐ《（い）》なかった
なにかを知りたく　うっとりしてゐた
そしてときどき思ふ《（う）》のだが　一体なにを
だれを待ってゐるのだら《（ろ）》うかと

昨日の風に鳴つてゐた　林を透《す》いた青空に
かう《(こ)》ばしい　さびしい光のまんなかに
あの叢《くさむら》に　咲いてゐた……さう《(そ)》して　けふ《(きょう)》もその花は

思ひ《(い)》なしだか　悔《く》いのやう《(よ)》に——
しかも僕は老いすぎた　若い身空《みそら》で
あなたを悔いなく去らせたほどに！

立原　道造（たちはら　みちぞう）一九一四〜一九三九
「立原道造全集」より。著書「暁と夕の詩」他

*

〈編者の言葉〉　レ※ニングラードの八月は、午後の九時頃まで日暮れがこない。白々とした午後がいつまでもつづき、街《まち》は散策《さんさく》する人で遅《おそ》くまでにぎわう。
　わたしは、夏、レニングラードをおとずれるたびに、バスや市電などに乗って街をながめてまわる。

その日も、わたしは夕食をすませた後、ふらりと電車に乗った。いくつめかの停留所《ていりゅうじょ》で、白いワンピースを着た若い女性が乗ってきて、わたしのわきにすわった。彼女《かのじょ》の胸《むね》にだいた花の香《かお》りが鼻《はな》をついた。白いワンピースの若い女性と花の香り。電車のなかは、はなやいだ空気に満《み》たされていいはずなのに、なにか沈《しず》んだ感じだった。ふとわきを見ると、その女性は、じっとうつむいたまま泣いていたのだった。

恋人とまずい別れをしてきたのでもあろうか。彼女はかたい姿勢《しせい》をくずさず泣きつづけていた。早く日暮れがきてくれればいいのに。わたしは彼女のために、いつまでも暮れぬ長い午後をうらんだ。

わたしは大ネバ河の流れが見たくなって、シュミット橋の手前で降りた。花をだいた女性はそこでも降りなかった。きっとネバ河をわたり、ワシリエフスキー島のどこかの町まで行くのだろう。電車が遠くへ去ってもわたしはしばらく停留所にたたずんでいた。花の香りがまだただよっているようだった。

※レニングラードは現在サンクトペテルブルク。

わかれ

あなたは黒髪《くろかみ》をむすんで
やさしい日本のきものを着ていた
あなたはわたしの膝《ひざ》の上に
その大きな眼を花のようにひらき
またしずかに閉《と》じた

あなたのやさしいからだを
わたしは両手に高くさしあげた
あなたはあなたのからだの悲しい重量を知っていますか
それはわたしの両手をつたって

したたりのようにひびいてきたのです
両手をさしのべ眼をつむって
わたしはその沁《し》みてゆくのを聞いていたのです
したたりのように沁みてゆくのを

中野重治（なかの　しげはる）一九〇二〜一九七九
「中野重治詩集」より。著書「中野重治全集」他

＊

〈編者の言葉〉　戦争が終わり、故郷《こきょう》の二本松《にほんまつ》にもどると、思いがけず、いとこ夫婦《ふうふ》と二歳《さい》になるその娘エツコが、東京から疎開《そかい》して家にいた。一時は本家にいたのだが「東京もんはメシばっかり食ってる」といびられて、わたしの家を頼《たよ》ったのだという。

一年後、三人は東京へもどることになった。プラットホームで、わたしはエツコを高い高いしてみた。ずっしりと重くなっていた。黒みを増した長い髪《かみ》が風にそよぎ、エツコは明るく笑った。「いい娘に育つんだよ」そう言うとエツコはこくんとうなずいた。

あなたも単に

あなたも単に
ひとりの娘にすぎなかったのだら《(ろ)》うか
とある夕あなたは言った
「あなたに御心配かけたくないの
私ひとりが苦しめばそれでいいのですもの」

あなたも単に
ひとりの娘にすぎなかったのだらうか
とある夕あなたは言った
「あなたがひと言《こと》慰《なぐさ》めて下さりさへ《(え)》すれば

私はどんなに苦しんでも
それで十分報《むく》いられたのでしたのに」

あなたも単に
ひとりの娘にすぎなかったのだらうか
とある夕あなたは言った
「あなたなんて
一寸《ちよつと》も私の苦しみを察して下さらない
あなたなんて」

黒田　三郎（くろだ　さぶろう）一九一九〜一九八〇
「ひとりの女に」より。詩集「定本黒田三郎詩集」他

＊

〈編者の言葉〉　戦時中、特攻基地《とっこうきち》ではよく「ダンチヨネ節《ぶし》」という歌がうたわれた。

沖《おき》のかもめと　飛行機乗《ひこうきの》りはョ
　どこで散るやら　果てるやら　ダンチョネ
おれが死ぬときゃ　ハンカチふってョ
　友よあの娘《こ》よネ　さよなら　ダンチョネ
泣いてくれるな　離陸《りりく》のときはョ
　泣けば操縦桿《そうじゅうかん》がネ　ままならぬ　ダンチョネ

さわやかに死地《しち》におもむく飛行機乗りの心意気をうたいこんだ歌のように思えるが、じっさいにこの歌をうたってみると、この世への未練《みれん》を不条理《ふじょうり》な力の支配《しはい》によって捨てなければならぬ男のかなしみがそくそくとにじみ出てきて、とても戦争の歌とは思えない。いや、だからこそ戦争の歌というべきなのだろうか。こんな歌が兵隊《へいたい》の間でつくられ、庶民《しょみん》の住む町では、勇壮《ゆうそう》な軍歌はさっぱりうたわれず「十三夜」のような、生きにくい世を生きる人の心のかなしさをうたう歌がはやっていたのだ。

考えてみると、日本がやった戦争の最も大きなテーマは、重苦しい権力の支配のなかで泣く、人の心のかなしみの確認《かくにん》ということではなかったろうか。

君がほしい

君の体を
めったやたらに切りきざみ
ようしゃなく殺してしまおう。
さて商人に身をやつし
町から町を旅する。
潮風《しおかぜ》の町。
山と川のある町。
熊笹《くまざさ》の鳴るばかりの町。
どこであろうと君はもう逃げられない
君をひきよせようと伸《の》ばしたぼくの手から。

ところで
自責《じせき》の念《ねん》はさらさらないにしてもだ
そろそろ君のばらばらの体が重くなってくる。
万々《ばんばん》発覚《はっかく》することはないとはおもうのだが
やっぱり殺人事件にかわりない。
刑事《けいじ》の姿がちらちらすることにもなる。
だからやっぱり
君をようしゃなく殺すのはやめることにする。
それにやっぱり
同じ重いめをするなら
五体そろった君
である方がいいにきまっている。
それでやっぱり
はっきり君に云《い》おう

君がほしいと。

安水稔和（やすみず　としかず）一九三一〜
「愛について」より。詩集「存在のための歌」他

＊

〔編者の言葉〕　二年生の女の子が、松山くんという同級生からラブレターをもらったという日記を書いてきた。お母さんは「松山くんのおじさんがおばさんに書いたようなうまい手紙だね」と言って笑ったという。見せてもらった手紙にはこう書いてあった。

「…ちゃん。ぼくは、きみがすきだから、大きくなったら、けっこんしよう。けっこんしたら、キスしよう。…ちゃん、ぼくとけっこんしてくれる？　ぼくとけっこんすると、きっと、とくするよ。いっしょうけんめいはたらいて…ちゃんをしあわせにしてあげようと、ぼく思っているんだから。（中略）ぼくが大きくなるまでまってて（……）」。

　松山くんは、ラブレターを読まれているとも知らず、男の子たちと大声をあげてじゃれあっていた。

カキツバタの記《き》憶《おく》

梅雨《つゆ》のみどりの中で
カキツバタがきれいだった

前に
こんな女のひとがいた

わたしはハサミで
この一本を切ってきて
机の上に插《さ》した
まったく　どこもかしこも

清潔《せいけつ》にしていたひとだった

だが　急に
カキツバタは壺《つぼ》をぬけ出すと
みどりの中へもどっていった
あのひとのように
ながめられるので
はずかしかったのだろうか

わたしは後を追っていってさがした
カキツバタは数本
おなじかっこうをしていたが
はにかんだのですぐわかった

しかし　どうしたのだろう
わたしのカキツバタは
お尻《しり》に長いゴムテープをつけていた

わたしはそのテープで
もどった理由がやっとわかった

あのひとも去っていったが
「会者定離《えしゃじょうり》」のそんなテープを
お尻につけていたのだろう　多分《たぶん》。

土橋　治重（どばし　じじゅう）一九〇九～一九九三
「STORY」より。詩集「花」「馬」「異聞詩集」他

＊

〔編者の言葉〕一九七七年の暮れ、※ソ連邦を構成《こうせい》す

る共和国群の一つ、※エストニア共和国の首都タリンをおとずれた。バルト海に面する人口約《やく》四十万の都市である。街《まち》は中世建築物を多く残し、ソ連の街というより北欧《ほくおう》の街というのにふさわしかった。

　その建物の一つ、聖《せい》ニコライ堂《どう》をたずねた。この教会は、わたしに、わたしが旅人であることを忘れさせた。昔からこの街に住み、ここであげられる祈りによって葬《ほうむ》られる自分を想定《そうてい》しても、すこしも不自然でないような、魅力的《みりょくてき》な空間であった。わたしはいつか、時間をも忘れていた。

　そんなわたしの意識《いしき》のなかに、ふと、一人の女の人がよみがえってきた。その人は、戦争中、特攻隊《とっこうたい》員《いん》であったわたしに、武運《ぶうん》久しかれ、と鎌倉《かまくら》の鶴《つる》ヶ岡八幡宮《おかはちまんぐう》の、剣《けん》が二本はいっているお守り袋を送ってよこし、しかしみずからはなんのわけがあってか服毒自《ふくどくじ》殺《さつ》した女学生A子であった。A子が、日本から九千キロも離れたこの街の、古い教会にたたずむわたしのなかによみがえったことに、わたしはうろたえたのだった。

※ソ連邦は現在ロシア。エストニア共和国は一九九一年にソ連邦解体のときに独立した。

別離《べつり》のうた

愛を求め
出発するひと
あたらしい世界をたずね
遠くへ行くひと
お別れの言葉はいらない
夜明けの道はまっすぐで長いが
立止まってはならない
ぼくらのこころに
まだ燃えている彗星《すいせい》の
一千年の別離もさびしくはない

ひたすら求め　たずねて行き
またいつか　めぐりあおう
春は来《きた》らず
喜びなき代《よ》の美しきひと

鮎川信夫（あゆかわ　のぶお）一九二〇〜一九八六
「鮎川信夫詩集」より。著書「鮎川信夫著作集」他

＊

〔編者の言葉〕　タリンの聖《せい》ニコライ教会《きょうかい》でA子の面《おも》影《かげ》を見た翌日《よくじつ》、わたしは東方の郊外《こうがい》にあるカドリオルグ公園《こうえん》をたずねた。この公園は、ピョートル一世が、その妻カチェリーナのためにつくった華麗《かれい》な別《べっ》荘《そう》をつつみこんでいる広大な自然公園である。

　わたしは自然の林のみごとさに目をうばわれていた。ナラかブナであろう、雪空をつきさすようにして立つ木々のいさぎよさに感動《かんどう》していたのだった。

　そのときである。わたしがまたA子の幻《まぼろし》を見た

のは。涯《はて》の見えぬ林のかなたから、まだ少女のふくらみを残すそのほおに雪を受けながら、A子は静かに歩いてくるのだった。

そうだ。A子がわたしにむかって一度だけ、こんなことを言ったことがあった。あれは、わたしが戦争に引きだされる前の年の冬のことだった。

「あたし、冬になると福島《ふくしま》よりももっともっと北の地方へ行きたくなるの。お友だちはみんな、おかしいって言うけど。蔵王《ざおう》、横手《よこて》、津軽《つがる》、稚内《わっかない》……。でも、戦争中だからそんなわがままは通《とお》らないわね。」

年があけて、わたしは兵隊《へいたい》になり、間もなくA子は、川崎の軍需工場《ぐんじゅこうじょう》に動員されて福島をはなれた。

やがてA子は死に、わたしは生き残った。そして戦後三十余年。わたしは白髪頭《しらがあたま》を帽子《ぼうし》でつつんで、冬のタリンに立っているのだった。そのわたしが前の日に続いて、A子のおとずれを感じたのは、おそらく降りしきる雪のいたずらだったにちがいない。

わがひとに与《あた》ふる哀歌《あいか》

太陽は美しく輝き
或《あるい》は　太陽の美しく輝くことを希《ねが》ひ《(い)》
手をかたくくみあは《(わ)》せ
しづ《(ず)》かに私たちは歩いて行った
かく誘《さそ》ふ《(う)》ものの何であら《(ろ)》うとも
私たちの内《うち》の
誘は《(わ)》るる清らかさを私は信ずる
無《む》縁《えん》のひとはたとへ《(え)》
鳥々は恒《つね》に変らず鳴き
草木の囁《ささや》きは時をわかたずとするとも

いま私たちは聴《き》く
私たちの意志の姿勢で
それらの無辺《むへん》な広大の讃歌《さんか》を
あゝ　わがひと
輝くこの日光の中に忍《しの》びこんでゐ《(い)》る
音なき空虚《くうきょ》を
歴然《れきぜん》と見わくる目の発明の
何になら《(ろ)》う
如《し》かない　人気ない山に上《のぼ》り
切に希《ねが》は《(わ)》れた太陽をして
殆《ほとん》ど死した湖の一面に遍照《へんしょう》さするのに

伊東　静雄（いとう　しずお）一九〇六〜一九五三
「わがひとに与ふる哀歌」より。著書「伊東静雄全集」他

＊

〔編者の言葉〕　一九四三年が暮れようとしていた。来年はたぶん兵隊《へいたい》に行くことをまぬがれないだろう、と観念《かんねん》したとき、なぜか突然《とつぜん》、わたしは冬の日本海を見たいという衝動《しょうどう》におそわれたのだった。

持っていた本を全部売りはらって旅費《りょひ》をつくり、ある夜わたしは列車に乗った。衝動的に行き先と決めた糸魚川《いといがわ》行きの切符を持って。

途中《とちゅう》で何度か乗りつぎをして、糸魚川についたのは夕方近い時刻だった。わたしはすぐ海へむかった。

海がある！　あたりまえのことなのに、わたしははじめて海を見たときのように驚き、感動《かんどう》していた。吹《ふ》きつけてくる風と雪をまともに受けて、わたしはそこに立ちつくしていた。

この海の涯《はて》の中国大陸で戦いがくりひろげられていることが、うそのようだった。戦いがおさまることがあったら——はげしく雪の吹きつけるここにA子を立たせてやろう、かならず。暮れはじめた海にむかって、わたしはそんな思いを投げつけていた。

弟の日

弟が死んでから一年目の日
きらきらと夕焼がして　いい晩になった。
姉はものを言ふ《(う)》や《(よ)》うになった甥《おい》をつれて来て
皆でおとむらひ《(い)》のやうな御馳走《ごちそう》を食べた。
小さな甥は家中を走って賑《にぎ》やかにした。
炉《ろ》を囲《かこ》んでの物語りがはずんだ。
末の弟はたう《(と)》とう姉を言ひ《(い)》負かし
妹は笑は《(わ)》ぬやうにして耳をすませ
父は聞いたり　見たりしてゐ《(い)》て幸福だった。
もうこのままで結構《けっこう》だった。

これ以上何も起きてはならなかった。
家の横を昔からの小川が淙々《そうそう》と流れ
ときどき帰りの遅《おそ》い荷馬車が
橋を過ぎてゆく音がした。

伊藤 整（いとう せい）一九〇五～一九六九
「冬夜」より。著書「伊藤整全集」「伊藤整詩集」他

＊

〔編者の言葉〕 太平洋戦争《たいへいようせんそう》が終わった翌年《よくねん》の晩夏《ばんか》のことだった。福島《ふくしま》から上京したついでに、わたしはあてもなく池袋《いけぶくろ》東口付近の闇市《やみいち》を歩いていた。ふと、人ごみのなかに見おぼえのある男の姿《すがた》が目にはいった。U――たしかにそれは同じ兵舎《へいしゃ》で寝起きしていたUだった。だが、かれは敗戦後《はいせんご》すぐ、故郷《こきょう》の広島《ひろしま》へ帰っていったはずだ。そのUが、なぜいま池袋を歩いているのか。わたしはいそいであとを追った。
「おお、遠藤！」かれは、驚きとなつかしさのいり

まじった目でわたしを見つめた。かつては豊かだったUのほおはこけ落ち、皮膚《ひふ》もざらざらにかわいていて、わたしを息苦しくさせた。

闇市《やみいち》のなかのバラック建ての喫茶店《きっさてん》にはいり、片すみに腰をおろすと、やはり身の上話になった。

「U。おまえはどうしている？」と聞くと、かれは、

「おれか、おれはな」と言ったきり、しばらくは口を開かず、じっとテーブルの上に目を落としていたが、やがて「一家が全滅《ぜんめつ》で、ひとりぼっちになってしまったよ」ぽつりと、つぶやくように言った。

「たった一人の弟もふっとんじゃった。小学校五年生。かわいい弟だった。——おれは、この一年、やけっぱちで生きてきたよ。」

「これからどうするつもりなんだ。」

「川田谷《かわたや》の基地《きち》の近くに、祠《ほこら》があったろう。あそこにとめてもらって、百姓《ひゃくしょう》でもしようと思っている。」

新しくはいってきた客においたてられるように、わたしたちは喫茶店を出た。橙色《だいだいいろ》にそまった太陽が、西の空——焼け跡《あと》がまだ残る街《まち》の涯《はて》にあった。

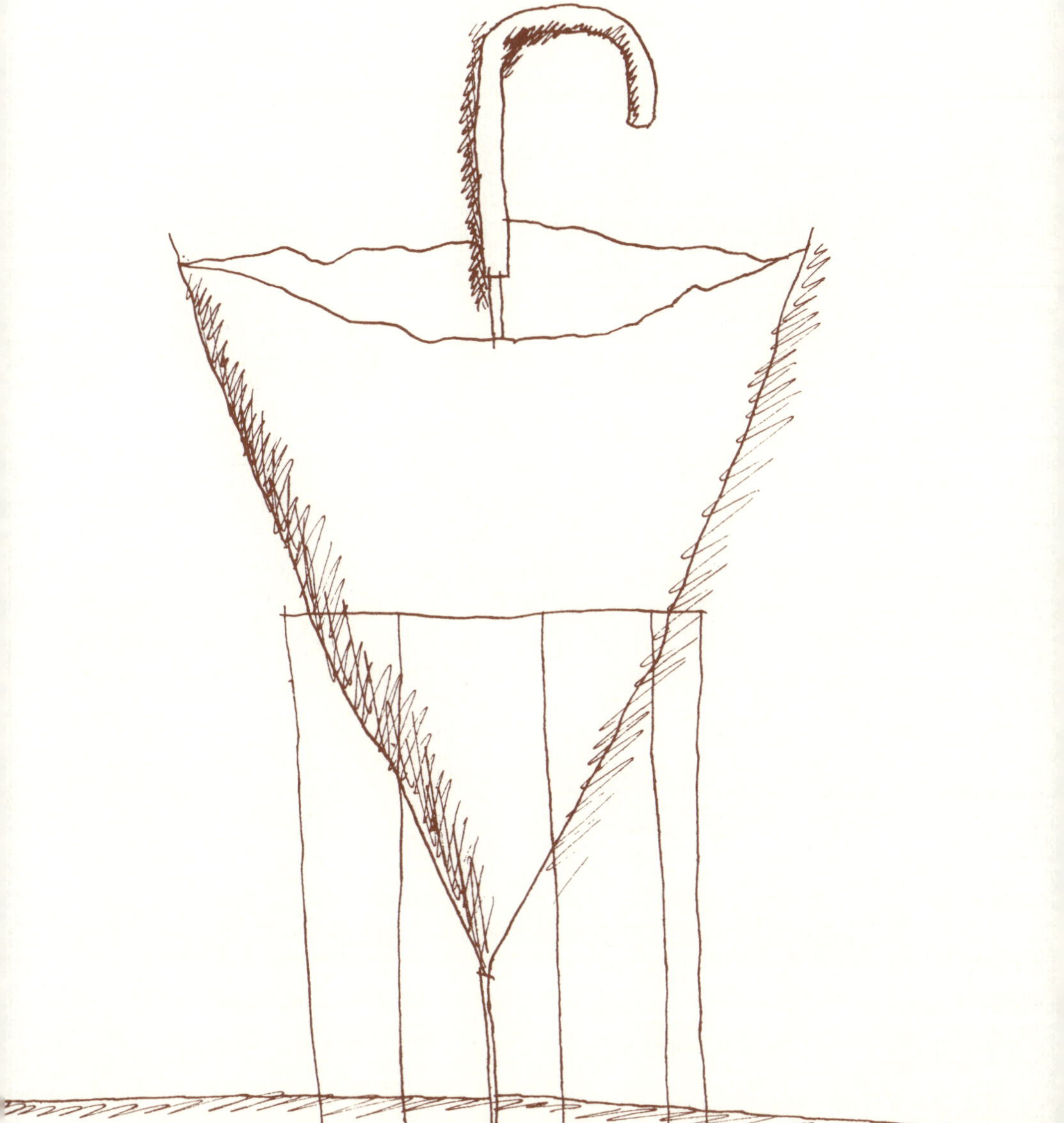

わたしの庭の……

わたしの庭の
ハナミヅキが　葉を
おとす

すると
どこやら遠い谷間《たにあい》でも
いっぽんのハナミズキが　葉を
おとす

そこにも

人はいるだろう
わたしとは　かかわりもなき
その人
生涯《しょうがい》　会うこともなく
約束をし合うこともなく
ただ　木だけが
しめし合わせたように　葉を
おとす
同じ時刻　同じ身ぶりで
その人の肩に
わたしの肩に
静かに

新川　和江（しんかわ　かずえ）一九二九～
「新川和江詩集」より。詩集「つるのアケビの日記」他

*

〔編者の言葉〕「なんだ。あれは花弁《かべん》じゃないのか」

「ええ、あれは苞《ほう》なんです。花弁は——ほら、まんなかに淡緑色《たんりょくしょく》の球状《きゅうじょう》のものが見えるでしょう。あれなんです。北アメリカが原産《げんさん》なんだそうです。高さが十メートルに達《たっ》するものもあるんですって」。

その珍《めずら》しい木をハナミズキだと教えてくれたのは、女学校を出たばかりの若い代用教員《だいようきょういん》K子だった。

その木は学校から二キロほど離れた山道のほとりにあった。

K子はどんなわけがあったのか、一年で学校をやめ、村を去った。しばらくして、K子がアメリカへ渡ったといううわさが流れた。そのうわさを聞いたとき、わたしはハナミズキが北アメリカ原産であることを、声をはずませて教えてくれた、あの日のK子の顔が目の裏《うら》によみがえってくるのを感じた。

その後、K子がアメリカで何をしているのか、消《しょう》息《そく》はまったくなかった。しばらくして、わたしもその村を去った。あの木はいまも立っているだろうか。

テルコとナナ

とうとうものさしで
おやじをたたくことを覚えたね
指さしてわらったら
とたんにテルコが
ぱらぱらっと
アラレのような泪《なみだ》をこぼしたのだ
あまりまっ四角な荷づくりは
目のやり場がないよ
ナミダの温度は
ナナのみるく壜《びん》とおなじだね

人間が泣くのは東京のポンプの音に似てる
今日は、
晴れていて
モクレンのはなが咲いていて、
おれは足があるのだから
あるけるところまで
素足《すあし》に
キサラギの風をつっかけ
田舎《いなか》っぺえの
テルコを送ってあげよう
負子《しょいこ》ばんてんでナナを揺《ゆ》すりあげながら
二年間二重橋も銀座《ぎんざ》も浅草《あさくさ》も知らなかったわという
それでもと笑うテルコを
送ってあげよう

汽車の箱の中にはいってからも
窓をあけろとテルコにせがみ
まだモノサシでおやじをたたくことをやめない
ナナを送ってあげよう、
ナミダの温度は
ほんとうにナナのミルク壜《びん》とおなじなのか
人間が泣くのは
東京のポンプの音に似てるか
だから、
テルコよ泣くのはおよし、
引裂《ひきさ》かれてゆくのは
おれやおまえの愛情ではないはずだ。

安東　次男（あんどう　つぐお）一九一九〜二〇〇二
「六月のみどりの夜は」より。著書「安東次男著作集」他

＊

〔編者の言葉〕　自分はこの親たちのほんとうの子ではないのではないか？——子どものころ、幾度《いくど》かそんな疑《うたが》いにとらわれたことがあった。

「母《かあ》ちゃん」と呼んでも、母は台所の流しにむかったまま、ふりむいてもくれない。「いっしょに寝て」とたのんでも、母は針仕事《はりしごと》の手を止めようとしない。そんなとき、子どもの胸《むね》に、自分はこの親たちの…という疑いが宿《やど》るのではないか。なぜなら、子どもは完全で無限《むげん》な愛を親に求めるものだから。

しかし、夜半《やはん》、ふと目をさますと「ションベンか」と声をかけてくれる。その声、その仕草《しぐさ》に、他のなにものでもない〈母ちゃん〉を感じて「うん」とうなずくのだ。

——そんなことをくりかえしながら、子どもはじょじょに子どもの世界を脱出《だっしゅつ》していくのではないのだろうか。

こひびとよ

こひ《(い)》びとよ　そんなにもありありと
むかしの話をしてくださいますな

わたしも　夕ぐれの橋がこは《(わ)》かった
のめり出すビルがこはかった
トラホームの絵がこはかった

その頃　やせた手足
ほこりくさい髪《かみ》の毛をして
道路にうつむき　いっしんにローセキをとがらせてゐ《(い)》た

それがわたしだったのか　あなただったのか
もう　わからなくなってしまった

かう(こ)もりはとび　夕焼けは終り
ローセキは三つ　ポケットのなかでコトコトと鳴り
その子は唄《うた》って家へかへ(え)り
さまざまな夢を　ねたのでした

わたしたちが　知らなかったその頃を　語りあふ(う)と
あの時　草むらにメダルを落したのもその子だったし
あの時　ぶちの蛙《かえる》を殺したのもその子だったし

わたしたちは　一人しかゐなかったのでした――

吉原　幸子（よしはら　さちこ）一九三二〜二〇〇二
「幼年連禱」より。詩集「夏の墓」「夢　あるひは…」他

＊

〔編者の言葉〕　子どもだったころ、町にはまだ「男女七歳《さい》にして席《せき》を同じうせず」という考え方が生きていた。学校も別。男の子と女の子がいっしょに遊ぶということはまずなかった。だから女の子は、珍《めずら》しくてならぬ存在《そんざい》だった。その心情《しんじょう》は、かわいい女の子にむかうとき、すぐにあこがれに変わり、しかもそれは、いじわるというゆがんだ形で発散《はっさん》された。
　たとえば冬の日。男の子たちは雪合戦《ゆきがっせん》をしながらあこがれの女の子の学校帰りを待つ。やがて、彼女《かのじょ》が町角に姿《すがた》をあらわす。とたんに雪玉が少女に飛びはじめる。いくつかが少女にあたり、少女は泣きながら家へ走り帰る。幼い愛のドラマは終わり、男の子たちは浮《う》かない顔で家路につく。共謀《きょうぼう》してやったくせに、それぞれが「あいつがひどくぶつけたから泣《な》いたんだ」とうらんでいるのである。こんなことをくりかえして、少年の日は去っていったのである。

妹に

目当てのあるうちは
怖《おそ》れずに　進むことをしなさい
怖れずに　倒れることをしなさい
怖れずに　起きて行くことをしなさい
そしてもう　起きあがれなくなった時
あなたはそこで
その小石をこそ拾いあげなさい
何があろうと拾いあげなさい

その小石を拾う

その小石だけあなたの重たさは増す
その小石を
あなたは真上に投げ上げようとする
それは唯《ただ》
それだけのことだと思うかも知れぬ
生きるとは
もっと遙《はる》かな何かだと思うかも知れぬ

だが妹よ
あなたもやがては気づくはずだ
拾ってさえおけば
あの日　兄が気づいたようにも気づくはずだ
行きつけぬ遙かな距離の　あれは凡《すべ》て光で無いと
いや少なくともいのちで無いと……

してまた思うかも知れぬ
己《おの》れの空に投げ上げる　また投げ上げる
投げ上げるこの小石のほかは
もはや如何《いか》なる目当てもあってならぬと

高野　喜久雄（たかの　きくお）一九二七〜二〇〇六
「独楽」より。詩集「存在」「闇を闇として」「二重の行為」他

*

〔編者の言葉〕　カメラマン石川文洋《いしかわふみひろ》氏の報道写真集《ほうどうしゃしんしゅう》『北ベトナム』に、わたしは胸《むね》をつかれる。グエン・チ・ジアちゃん。アメリカの無差別攻撃《むさべつこうげき》で父と姉《あね》を奪《うば》われた十歳《さい》の少女。彼女《かのじょ》も負傷《ふしょう》し、ベッドに横たわっている。じっと見つめる美しい目は、何を見つめているのだろう。枕《まくら》もとにはアメリカ大《だい》統領《とうりょう》ニクソンへの怒《いか》りの手紙がおかれている。

一九七三年一月二十七日、長い戦いは終わった。わたしはもう一度その写真に目をうつし、ベトナムの〈戦後〉を生きる彼女のいまをさぐりはじめる。

木馬

夜ごと夜ごと　女がひとり
ひっそりと旅をしている　（ポール・エリュアール）

日の落ちかかる空の彼方《かなた》
私はさびしい木馬を見た
幻《まぼろし》のように浮かびながら
木馬は空を渡っていった

やさしいひとよ　窓をしめて
私の髪《かみ》を撫《な》でておくれ
木馬のような私の心を

その金の輪のてのひらに
つないでおくれ
手錠《てじょう》のように

大岡　信（おおおか　まこと）一九三一〜
「方舟」より。著書「大岡信著作集」「悲歌と祝禱」他

＊

〔編者の言葉〕　東京の街《まち》のあちこちに、まだ空襲《くうしゅう》の焼け跡《あと》が残っているころのことであった。

　秋の日の夕暮れ、わたしは一人の作家の家をたずねて坂道を歩いていた。ただ会いたくて、二本松《にほんまつ》最終の夜汽車にとび乗って東京に来たのである。めざす家はなかなか見つからず、歩きまわっているうちに夕方になってしまった。疲《つか》れはてていたが、会わなければという心が、わたしをささえていた。

　その作家は、戦争中の暗い青春をテーマに美しい小説を書きつづけている人だった。その人の書く小説は、「特攻《とっこう》くずれ」と呼ばれる若者たちのなかにく

くられて、鬱屈《うっくつ》した思いで日々を送っていたわたしにとって、いってみれば一本の杖《つえ》であった。

坂道に秋風が走り、瞬間《しゅんかん》、路面《ろめん》に散り落ちていた枯葉《かれは》がカラカラと舞った。わたしは思わず立ちどまり、しばし枯葉の乱舞《らんぶ》がおさまるのを待った。

そのときである。わたしの耳に突然《とつぜん》ピアノの音がひびいてきたのは。ピアノは、坂道のわきの家でかなでられているのだった。曲がショパンのポロネーズであることはすぐにわかった。その曲は、わけもあかさずみずからの命を絶《た》ったA子が女学生時代、好んで弾《ひ》いていた曲だった。なにかを激しく望み、なにかにいどみかかるような弾き手の心を直接にあらわしながら、ピアノの音は鳴りつづけていた。

ピアノの音がやみ、その坂道をふたたび歩きだしたとき、日はすっかり暮れていた。もう作家の家をさがしあてるのは不可能に近かった。わたしはその日、作家をたずねることをあきらめた。だが、むだなことをしたという悔《く》いはすこしもわかなかった。

それだけのことが

それだけのことが
どうしていえなかったのか
こころのままはいいにくく
まして
こころにもないことはなおさらいいにくい
うそでもまことでもよかった
あなたがすきだとかきらいだとか
ひとことといえばいったように
ぼくらはあんどするはずだった
それだけのことが

どうしてできなかったのか
やってよいことはやりにくく
まして
やってわるいことはなおさらやりにくい
うそでもまことでもよかった
だきよせるとかつきはなすとか
ちょっとうごけばうごいたほうに
うんめいはころげおちるはずだった

それだけのことが
どうしてわからなかったのか
じぶんのこころをつかむことはむずかしく
まして
ひとのこころをつかむことはなおさらむずかしい

……

――M子よ

あれからいちねんたったいま
ぼくにわかったのだ　あのとき
おまえがかんがえていたことも　ぼくが
かんがえていたこともおなじだったっていうことを

小田　久郎（おだ　きゅうろう）一九三一～
「一〇枚の地図」より。詩集「一〇枚の地図」

＊

〔編者の言葉〕　特別攻撃隊員《とくべつこうげきたいいん》だったとき、外泊《がいはく》の許可《きょか》がでて、故郷《こきょう》の二本松《にほんまつ》に帰ったことがあった。

わたしはひさしぶりにお城山《しろやま》にのぼってみた。お城山というのは、子どものころよく遊びまわった二本松の藩主《はんしゅ》丹羽家《にわけ》の居城《きょじょう》あとだった。

ちょうど青葉の季節で、お城山は全山緑にそまり、安達太良山《あだたらやま》の全容《ぜんよう》がのぞまれた。「この風景も、これで見おさめか」という思いがわいてきた。二十一歳《さい》のわたしにとっては、やはり訣別《けつべつ》の対象としてながめなければならぬ安達太良山はかなしかった。

丘陵《きゅうりょう》をおり、旧武家《ぶけ》町《まち》に出たとき、わたしはO子に会った。色白で、目がなんともいえずやさしげな子で、少女のころ、男の子の心をさわがせた。わたしも心さわいだ一人だったが、手紙一通書くこともなく、少年の日を終わったのだった。

すれちがうとき、彼女《かのじょ》はその白い顔をわずかにふせた。わたしと知っての会釈《えしゃく》だったのか、それともまったく意味のないそぶりだったのかわからなかった。「さよなら、O子」わたしはつぶやいた。

戦後一年たって、わたしは福島《ふくしま》の街《まち》なかで、ふたたびO子を見た。彼女は赤ん坊を背負《せお》っていた。こんどこそほんとうの「さようなら」だった。声にならぬさよならしか言えず、わたしの青春は、ひとつ暮れていったのだ。

十七歳の弟がいう

十七歳の弟がいう
〈雪の中で死にたい〉と
二十二歳のわたしはいう
あんたにはにあわないと
十七歳の弟がいう
〈ダンプカーにはねとばされて
そして死ぬのがにあうようでは
とても生まれたかいがないから
雪の中で死ねるように
死んでもにあうように

生きていて
死ぬまでにあわなければどうしようか〉と
すきなようにするがいいと
二十二歳のわたしはいう

吉行　理恵（よしゆき　りえ）一九三九〜二〇〇六
「青い部屋」より。詩集「吉行理恵詩集」「夢のなかで」

＊

〔編者の言葉〕　一九四五年八月十五日。戦争が終わった日、わたしは基地《きち》のそばを流れる荒川《あらかわ》の土手に寝ころんでいた。夏草が茂り、爆音《ばくおん》の聞こえなくなった空は、ぬけるように青かった。

わたしたち若い特攻隊員《とっこうたいいん》に、国のために死ぬことは美しいと、涙を流さんばかりにして語った上官の何人かは、倉庫《そうこ》から食料や衣料品をぬすみだして逃《とう》亡《ぼう》していった。

この日が来るまで、特別攻撃隊員として、死につづく道だけをおまえが生きる道なのだと教えられ、みずからもそう納得《なっとく》してきたわたしに、突然《とつぜん》、同じおカミから、こんどは生きる道を求めよという声がひびいてきて、わたしは動転《どうてん》していたのだった。

いま先をあらそって倉庫《そうこ》の物品をかすめていくあの人たちにとって、死とは何だったのだろう。死んでその恩《おん》に報《むく》いなければならぬ国とは、いったい何だったのだろう。わたしは混乱《こんらん》のおさまらない頭のなかで、そのことだけを考えつづけていた。

時間が流れ、いつか夕焼けが西の空を茜色《あかねいろ》に焼いていた。他の人が、いかにもほんとうらしくささやく死の観念《かんねん》に同調することのかなしさ、みじめさがじょじょにわかってくるようだった。広い空のなかで、まっ白い雲を血にそめて死ぬことの美しさにおのれの生涯《しょうがい》を思いえがいたことが、かなしくみじめな幻想《げんそう》にすぎなかった。それが見えてきたとき、わたしは、とにかく、生きなければならないのだ、とにかく、生きなければならないのだ、と思ったのだった。

もっと強く

もっと強く願っていいのだ
わたしたちは明石《あかし》の鯛《たい》がたべたいと

もっと強く願っていいのだ
わたしたちは幾種類ものジャムが
いつも食卓にあるようにと

もっと強く願っていいのだ
わたしたちは朝日の射《さ》すあかるい台所が
ほしいと

すりきれた靴《くつ》はあっさりとすて
キュッと鳴る新しい靴の感触《かんしょく》を
もっとしばしば味《あじわ》いたいと

秋　旅に出たひとがあれば
ウィンクで送ってやればいいのだ

なぜだろう
萎縮《いしゅく》することが生活なのだと
おもいこんでしまった村と町
家々のひさしは上目《うわめ》づかいのまぶた

おーい　小さな時計屋さん

猫背《ねこぜ》をのばし　あなたは叫んでいいのだ
今年もついに土用《どよう》の鰻《うなぎ》と会わなかったと

おーい　小さな釣《つり》道具屋さん
あなたは叫んでいいのだ
俺《おれ》はまだ伊勢《いせ》の海もみていないと

女がほしければ奪《うば》うのもいいのだ
男がほしければ奪うのもいいのだ

ああ　わたしたちが
もっともっと貪婪《どんらん》にならないかぎり
なにごとも始りはしないのだ

茨木　のり子（いばらぎ　のりこ）一九二六〜二〇〇六
「対話」より。詩集「自分の感受性くらい」「人名詩集」他

＊

〔編者の言葉〕　沖縄《おきなわ》を戦場とした戦いが敗北《はいぼく》に終わり、東京をはじめ本土の各都市が、爆弾《ばくだん》、焼夷弾《しょういだん》で焼かれ、戦争の終末点《しゅうまつてん》はもうはっきり見えていた。

　だが、戦いはつづき、特別攻撃隊《とくべつこうげきたい》の基地《きち》からは、毎日のように特攻機が飛び立っていった。

「遠藤。おれにはたった一つの心残りがある」明日払暁《ふつぎょう》の出撃《しゅつげき》の命令《めいれい》を受けたＫ少尉《しょうい》が、夜おそくわたしの居室《きょしつ》へやってきて、話をはじめた。

「この期《ご》におよんで女々《めめ》しいと笑うかもしれないが、おまえにだけは言い残していきたいと思ってな。そうしないと、どうも気持ちがおちつかん」かれはつぶやくように話をつづけた。「それは一人の女性のことだ。おれの故郷《こきょう》のＮ町に、おれが好きだった女の子がいた。だが、おれは一度もことばに出して自分の気持ちをうちあけたことはなかった。平凡《へいぼん》な顔

立ちの女の子だったが、おれはこんな子といっしょに街《まち》の角に小さな喫茶店《きっさてん》でも開いて暮らせたらいいなあ、と思ったものだった。

こんな時代だから、なまじ『好きだ』などと言って、心に重荷《おもに》を背負《せお》わせるようなことをしないでよかった、と思う反面《はんめん》、好きなものにむかって『好きだ』と一言も言わずに終わってしまうことは、ひどいまちがいではないのか、という思いがあって、さっきからおちつかなかったのだ。『どう思う?』と聞いても、おそらくおまえはなにも答えてくれないだろうけれども、未練《みれん》、というのだろうか、やっぱり聞いてみたい気持ちが、ちょっぴりあってな。」

やっぱりわたしには答えられなかった。そして答えられぬまま、わたしはたった一度だけ汽車の窓《まど》から見たことのあるN町の風景に心をすべらせていた。日本海の波の音が、家々の軒《のき》にひびいてくる半農半漁《はんのうはんぎょ》の古い町であった。

解説

遠藤豊吉

たくさんの人と出合い、たくさんの人と別れ、そしてここまで歩いてきた。戦後だけでもすでに三十年をこえ、ふりかえる歳月《さいげつ》は霧《きり》のようにかすみがちだ。だが、霧のようにかすみがちな歳月のなかに、すっくと立っていまもなおわたしをうちつづけている何人かの人がいる。そのなかの一人――源後《げんご》三郎《さぶろう》先生。

この巻のしめくくりとして、その人に関してわたしがかつてある小さな本に書いた文章を再録《さいろく》してみようと思う。

人間だれしも、長い生涯《しょうがい》のうち、忘れ得ぬ教師《きょうし》の一人か二人にはめぐりあうはずである。わたしもごく少数ではあるが、その名前を聞いただけであざやかに面影《おもかげ》の浮かんでくる人を持っている。

師範学校《しはんがっこう》のとき、芭蕉《ばしょう》、西鶴《さいかく》の文学を手ほどきしてくれた源後《げんご》三郎《さぶろう》先生である。源後先生は、小学校しか出ておらず、独学《どくがく》でつぎつぎに教員免許状《めんきょじょう》をとり、三十代の若さで師範学校教師の資格《しかく》を獲得《かくとく》した人だった。

戦争末期、沈鬱《ちんうつ》な気分の漂《ただよ》う教室のなかで、淡々《たんたん》と近世文学を講《こう》ずる先生の姿《すがた》は、わたしにとって非常に魅力的《みりょくてき》だった。五尺そこその小柄《こがら》な体であったが、芭蕉《ばしょう》を語り、西鶴《さいかく》を論じるときの先生は、仁王《におう》のように大きく見えた。

……学歴《がくれき》がないということで、みずからを卑《いや》しめることなく、また、小学校しか出ていない身で師範学校《しはんがっこう》の教師《きょうし》にまでなり得たという事実をひけらかすことなく、淡々《たんたん》とわたしたちの前に立ちつづける源後先生から、わたしは人間の生きかたの問題をふくめてさまざまのことを学んだ。

「師範学校を無事出たというだけで教師になれると思ったら、大まちがいだ。当然そうなるコースをとおってそうなったというだけで、人間は尊敬《そんけい》されるものではない。ぼくが君たちを教師として尊敬することがあるとすれば、それは、教壇《きょうだん》に立って、一年にたった一つでもいい、教室の子どもたち一人々の胸《むね》に、生涯《しょうがい》忘れることのできないことばを刻《きざ》みつける仕事をやったときだ」学徒兵《がくとへい》として入隊《にゅうたい》する日が間近に迫《せま》ったある日、暗い教室で先生はそんなことをわたしたちにむかってつぶやいた。どうせ死ぬ身には無縁《むえん》、と思われることばであったが、ふしぎに胸につき刺《さ》さった。

また、先生はこんなことも言った。

「ぼくは、一年間に本を五万ページ読んだことがある。これはぼくの最高記録だが、一年五万ページずつ読む作業を生涯つづけたとしても、人間、一生かけて読む本の冊数は知れたものだ。」

わたしは戦争末期、特別攻撃隊員《とくべつこうげきたいいん》として精神と肉体をひどく消耗《しょうもう》させねばならぬ日々を送るのであるが、このことばは色あせずに胸《むね》に残った。

戦後、福島《ふくしま》の田舎《いなか》で教師《きょうし》となり、宿直室《しゅくちょくしつ》に寝泊《ねとま》りする生活を重ねて、ある年、わたしは十万ページの本を読みきる。戦争が作った青春の空白を、そうすれば埋めることができるかと思って本にしがみついたのだった。手あたりしだいに読みとばし、そのときはバイブルまで読んだのだった。でも、なぜか源後《げんご》先生に勝ったという実感《じっかん》はなかった。

その源後先生は、いまはない。そしてわたしは、先生がなくなったときの年齢に近づいたいまのわが身に、はたしてなにができるのかを、ひそかに問いながら生きているのである。


この文章を書いたときから、二年たった。わが身に、はたしてなにができるのか、という問いはいまもつづき、わたしは重たい足をひきずって、きょうを生きるのである。

●編著者略歴

遠藤《えんどう》　豊吉《とよきち》

1924年福島県に生まれる。福島師範学校卒業。1944年いわゆる学徒動員により太平洋戦争に従軍，戦争末期特別攻撃隊員としての生活をおくる。敗戦によって復員。以後教師生活をつづける。新日本文学会会員，日本作文の会会員，雑誌『ひと』編集委員。1997年逝去。

新版 日本の詩・2　あなたへ　NDC911　63p　20cm

2016年11月7日　新版第1刷発行

編著者　遠藤　豊吉

発行者　小峰　紀雄

発行所　株式会社 小峰書店

〒162-0066 東京都新宿区市谷台町4-15

電話 03-3357-3521(代)

FAX 03-3357-1027

http://www.komineshoten.co.jp/

印　刷　株式会社三　秀　舎

組　版　株式会社タイプアンドたいぽ

製　本　小高製本工業株式会社

ISBN978-4-338-30702-4

本書は、1978年3月25日に発行された『日本の詩・2　あなたへ』を増補改訂したものです。